INONDATION

DE LA

VALLÉE DE LA DOUVE

PAR

LES EAUX DE LA MER

EN 1870

DÉPARTEMENT DE LA MANCHE

PARIS

IMPRIMERIE ADMINISTRATIVE DE PAUL DUPONT

41, RUE JEAN-JACQUES-ROUSSEAU, 41

—

1873

J'ai souffert un dommage dont je crois devoir poursuivre la réparation ; non qu'il s'agisse pour moi d'un grand intérêt, mon entreprise me coûtera plus d'argent peut-être qu'elle ne doit m'en faire obtenir ; mais ce qui me paraît un DÉNI DE JUSTICE m'est trop lourd à supporter sans plainte, et d'ailleurs, il y a des actes sur lesquels il me semble bon pour tous les citoyens que le blâme public s'exprime. C'est, autant que possible, à tout événement, contribuer à empêcher leur retour. Ceux qui peuvent encore les commettre ont à entendre quelles sont les conséquences de leur légèreté, et à comprendre que la société leur réserve la censure sévère due à leurs emportements.

Voici les faits : Vers le 25 octobre 1870, la vallée de la Douve fut envahie par les eaux de la mer. On venait de rompre les digues ; c'était, disait-on, pour garantir Cherbourg de l'approche de l'ennemi. Sur une longueur d'environ 40 kilomètres et à 50 kilomètres en avant des fortifications du port, on fit couronner les coteaux d'un certain nombre de redoutes, et au devant de ces redoutes était l'inondation. Qui pourra dire les sommes englouties dans cette entreprise, peindre les désordres qu'elle fit naître et compter les jeunes hommes dont le froid rigoureux causa la mort ? Au retour de l'ordre, les redoutes ont disparu, et au 15 mars 1871, les eaux de la mer n'ont plus couvert la vallée. Mais ces eaux maintenues là, chose incroyable, pendant près de cinq mois, avaient fait tout mourir et ne laissaient sur d'immenses surfaces qu'une croûte épaisse et dure de limon.

Le fléau avait d'abord ravi aux *herbagers* ce qu'ils avaient à attendre en 1870 de deux mois d'automne, réparateurs de l'excessive sécheresse de l'été. Il causait, pour toute l'année 1871, perte absolue de leurs pâturages et nécessitait des semences. Les résultats des travaux sont divers, mais, nulle part, en 1872, la valeur normale ne se sera reproduite.

A quelle étendue de pays s'applique cet affligeant tableau? Je l'ignore et n'ai, sur ce point, aucun chiffre à offrir à la contradiction ; ce que j'affirme, c'est que pour moi, sur 3 hectares 60 ares, tout près de la ville, l'eau de la mer était à la hauteur de près d'un mètre, et qu'elle a tout détruit.

Mais, avant d'aller plus loin dans mon exposé, il me semble à propos de faire remarquer que si l'autorité militaire a trouvé bon de désigner son œuvre sous le nom de *Lignes de Carentan*, il n'est pas moins vrai que Carentan, situé sur la rive droite de la Douve, n'a jamais pu se trouver sur la ligne sacrifiée ; que les premiers forts se rencontraient à 3 kilomètres au delà sur les coteaux de Saint-Cosme-du-Mont ; que leur feu devait, au besoin, DÉTRUIRE LA VILLE dont on a emprunté le nom, et qu'à cet effet, l'artillerie de ces forts était braquée sur nos maisons, sur notre belle église et sur notre hôpital ! Heureusement qu'on n'a jamais vu l'ennemi s'avancer. Mais ne comprend-t-on pas que j'ai dû être vivement impressionné par de telles dispositions ; que mon esprit reste encore pénétré des idées qu'elle sont fait naître et que j'unisse aujourd'hui, au besoin d'obtenir justice comme *propriétaire* de quelques champs ravagés, l'intention comme *citoyen* d'appeler sur une entreprise insensée une éclatante réprobation?

Dès que j'ai pu mesurer, en ce qui me touche directement, l'étendue du mal (le 20 mars 1871), je me suis adressé à M. le préfet de la Manche pour obtenir *une expertise*. Après un favorable accueil, l'Administration me fit savoir que nos pétitions étaient renvoyées à l'*autorité militaire*. Il paraît que cette autorité ne se fît remettre nos placets que pour les enfouir dans ses cartons. J'ai écrit deux fois à M. le Ministre de la guerre et n'en ai reçu aucune réponse. Enfin, à la sollicitation pressante d'un de nos députés de la Manche, il a été déclaré, par lettre du 26 novembre 1872, qu'on entendait ne rien nous devoir, attendu que la législation en vigueur se trouvait uniquement dans l'article 39 du décret du 10 août 1853 (1). Ce serait, je crois, allonger inutilement ce Mémoire que d'y insérer copie des pétitions et des lettres. Elles ne doivent pas être de grand poids dans la démonstration du droit. Je dois tenir cependant à représenter que je n'ai jamais réclamé qu'*une expertise*, concevant bien que l'ajournement des *payements* devait se mesurer sur les ressources du trésor public. Quand on n'a été inspiré que par le bon sens et quand on n'a demandé que l'indispensable, il convient de s'en prévaloir pour être entendu avec bienveillance.

Je ne saurais contester que l'article 39 du décret organique du 10 août 1853 exclut du *droit à indemnité* consacré par l'article 38, ceux qui ont souffert des actes de l'ennemi sur quelque point que ce soit, des *faits de guerre* emportant des destructions, troubles et privations, occasionnés par la défense des places; mais j'ai à soutenir aussi que l'esprit de cet article, pas plus que son texte, quand il n'y a *ni fait de guerre, ni approche de l'ennemi, ni trouble quelconque dans une contrée*, ne saurait la soumettre à une sorte de confiscation générale, et à une infinité de désordres pour lesquels il ne serait *dû aucune réparation*. Or, il est de notoriété que l'ennemi

---

(1) Textuellement : « Aux termes de l'article 39 du règlement d'administration « publique du 10 août 1853, tout dommage résultant d'un fait de guerre ou d'une « mesure de défense prise soit par l'autorité militaire pendant l'état de siége, « soit par un corps d'armée en détachement en face de l'ennemi, n'aura droit à « aucune indemnité. La législation en vigueur repousse donc le principe d'indem- « nité..... J'ai, en conséquence, le regret, Monsieur le Député et cher collègue, « de vous annoncer qu'il ne peut être donné suite à la demande d'expertise pré- sentée par le sieur Belin. »

ne s'est point dirigé sur la place de Cherbourg ; qu'il n'a paru . qu'en légers détachements à 180 kilomètres de cette place, et qu'aucun des cas déterminés par l'article 39 ne s'est produit.

Mais une prévoyance plus ou moins fondée ayant fait concevoir pour Cherbourg une grande extension des moyens de défense, on a créé, comme je viens de le dire, à 50 kilomètres de distance, des forts nouveaux ; on a voulu empêcher l'approche de ces forts par une inondation ; on a fait plus ou moins régulièrement ce qui est clairement défini par l'article 38 du décret ; or, cet article donne à ceux qui ont été atteints par ces préparatifs *un droit à indemnité* et il en prescrit la prompte liquidation. Dire aujourd'hui que l'article 38 doit être considéré comme nul et non avenu ; que l'article 39 l'a effacé, c'est soutenir une étrange erreur, *une impossibilité*. On n'a jamais, dans aucune loi, fait anéantir un article par l'article qui le suit. Ils statuent nécessairement sur des cas différents, quand ils présentent, à une lecture superficielle, une apparente contradiction. D'abord ce sont des préparatifs de défense, plus tard surviennent les événements, les faits de guerre. Il ne peut y avoir fait de guerre que là où on se bat, là où paraît l'ennemi, là où il approche aux distances fixées par le décret, et les espèces distinctes sur lesquelles les deux articles ont statué ne doivent point être confondues.

L'Assemblée nationale a parfaitement distingué *le droit de la grâce*, quand un sentiment généreux lui a inspiré la loi du 6 septembre 1871, quand elle a voulu tempérer les rigueurs de l'article 39, en décidant que des indemnités seraient *accordées* sur le Trésor public (100 millions, je crois) *aux départements envahis*, et quand, dans le préambule de sa loi, elle a dit : « L'Assemblée nationale, sans entendre déroger aux principes posés dans la loi du 30 juillet 1791 et le décret du 10 août 1853, décrète....... » Comment, après cela, peut-on prétendre que ces principes doivent être mis à néant ; qu'en dehors de la masse innombrable des *secourus* dans les départements envahis, ne doit plus subsister la légion des *ayants droit* dans les *départe-*

ments non envahis, que le Gouvernement seul est venu troubler par ses travaux ? Il faut lire, au surplus, les explications du Rapporteur de cette loi de secours. « Quand le Gouverne-
« ment, a-t-il dit, a ordonné la destruction d'un immeuble, ou
« un acte de même nature, dans l'intérêt de la défense, nos
« lois donnent à la victime de ce dommage une action directe
« contre le Gouvernement français, et lui assurent, non pas
« un simple dédommagement, mais une indemnité entière. Telle
« a toujours été la pensée de la Commission. » Eh bien ! je
demande au Gouvernement l'indemnité entière qui m'est assurée
et qu'une expertise seule peut fixer.

Il ne me reste plus, devant ces lois militaires du 10 juillet 1791 et du 10 août 1853, auxquelles nous renvoie l'Assemblée nationale, qu'à relever leur texte. Le voici :

Loi du 10 juillet 1791.

ART. 36. Lorsqu'une place sera en état de guerre, les inondations qui servent à sa défense ne pourront être tendues ou mises à sec sans un ordre exprès du roi. Il en sera de même pour les démolitions des bâtiments ou clôtures qu'il deviendrait nécessaire de détruire pour la défense desdites places, et en général, cette disposition sera suivie pour toutes les opérations qui pourraient porter préjudice aux propriétés et jouissances particulières.

ART. 37. Dans le cas d'urgente nécessité, qui ne permettrait pas d'attendre les ordres du roi, le commandant des troupes assemblera le Conseil de guerre, à l'effet de délibérer sur l'état de la place et la défense de ses environs, et d'autoriser la prompte exécution des dispositions nécessaires à sa défense.

ART. 38. Dans les cas prévus par les articles 36 et 37 ci-dessus, les particuliers dont les propriétés auront été endommagées *seront indemnisés aux frais du Trésor public,* sauf pour les maisons, bâtiments et clôtures existant à une distance moindre de 250 torses de la crête des parapets des chemins couverts.

Décret du 10 août 1853.

TITRE VI. — DÉPOSSESSIONS, DÉMOLITIONS ET INDEMNITÉS.

ART. 35. *La construction des fortifications et les mesures prises pour la défense des places* de guerre et des postes mili-taires *peuvent donner lieu à des indemnités* pour cause de dé-possession, de privation de jouissance et de destruction ou de démolition dans les cas et suivant les conditions mentionnées dans les articles suivants :

Art. 36. Rappelle la loi du 4 mai 1844.

Ars. 37. Etat de paix.

Art. 38. Lorsqu'une place ou un poste est déclaré en ÉTAT DE GUERRE, les *inondations* et les occupations de terrains nécessaires à sa défense ne peuvent avoir lieu qu'en vertu d'un décret, ou, dans les cas d'urgence, des ordres du gouverneur et du com-mandant de place, sur l'avis du conseil de défense, après avoir fait constater, autant que possible, l'état des lieux par des procès-verbaux des gardes du génie ou des autorités locales. Il y a urgence dès que les troupes ennemies se rapprochent à moins de trois journées de marche de la place ou du poste. *L'indemnité pour les dommages causés par l'exécution de ces mesures de dé-fense est réglée* AUSSITÔT *que l'occupation a cessé.* (Suivent les dispositions relatives aux servitudes dans les zones militaires.)

Art. 39. Toute occupation, toute privation de jouissance, toute démolition, destruction ou autre dommage résultant *d'un fait de guerre* ou d'une mesure de défense prise soit par l'auto-rité militaire pendant l'état de siége, soit par un corps d'armée ou un détachement *en face de l'ennemi,* n'ouvre aucun droit à une indemnité. L'état de siége d'une place ou d'un poste est déclaré par une loi ou par un décret. Il résulte aussi de l'une des circons-tances suivantes : l'investissement de la place ou du poste par des troupes ennemies qui interceptent les communications du dehors, à la distance de 3,500 mètres des fortifications, une attaque de vive force ou par surprise, une sédition intérieure, enfin des rassemblements formés dans le rayon d'investissement sans l'autorisation des magistrats. Dans le cas d'une attaque régulière, l'état de siége ne cesse qu'après que les travaux de l'ennemi ont été détruits et les brèches réparées ou mises en état de défense.

Je crois être fondé à invoquer aussi la loi civile et à provo-quer un jugement sur le quasi-délit qui a suivi les entreprises militaires : je veux dire *la durée de l'inondation.*

Les digues de la rivière ont été rompues pendant les hautes marées d'octobre 1870. Les eaux ne pouvaient se retirer qu'aux basses marées, après sept à huit jours. Comme, pendant ce délai, les mouvements de l'ennemi n'annonçaient point son approche, ne devait-on pas faire cesser l'inondation, sauf à la reproduire en cas de danger? On avait le temps. Alors le mal n'eût pas été grand. Les indemnités *dues* n'eussent pas été bien considérables, peut-être même eussent-elles été nulles, parce qu'un léger sédiment de sel eût pu avoir une vertu vivifiante propre à compenser une courte privation de jouissance. Au lieu de cela, on a laissé la terre couverte pendant cinq mois. L'amnistie de la fin de janvier 1871 n'y a rien fait; les préliminaires de paix en février n'y ont rien fait, et, après la paix jusqu'au 15 mars, l'inondation durait encore! Pendant ce temps, les dépôts de sel marin se sont accrus; ils sont devenus corrosifs; ils ont détruit tout principe de végétation: de là, d'immenses dommages. Nous avons vu, à nos côtés, des milliers de jeunes arbres, en pépinière, tous morts; nous avons vu le malheureux jardinier, pleurant sur la perte de ses longs travaux, et l'autorité militaire, qui nous a abandonnés à ces ravages, entend aujourd'hui ne nous devoir aucune réparation! Nous croyons qu'elle nous la doit, d'abord, pour son premier fait, aux termes exprès de l'article 38 précité; ensuite, d'après les principes du droit commun. En effet, le prétexte de son opération d'octobre 1870, ne subsistait plus à la fin de janvier 1871. Elle n'en a pas moins laissé le mal s'aggraver. Il ne me faudra pas, sans doute, produire des déclarations des membres de l'Institut pour établir qu'en quarante-cinq jours, aux approches du printemps, le mal que nous avions à redouter s'est consommé. Ainsi, les hommes auxquels le Ministre de la guerre se trouve aujourd'hui substitué, ont négligé leur devoir, ont commis une faute lourde. Et voici ce que porte la loi, article 1782: « Tout fait quelconque de l'homme qui cause un dommage à autrui, oblige celui, par la faute duquel il est arrivé, à le réparer « et article 1783: « Chacun est responsable des dommages qu'il a causés, non-seulement par son fait, mais aussi par sa négligence. »

Je ne sais pas de loi qui exempte de l'application de celle-ci, les agents de l'autorité militaire qui ont oublié leur devoir, surtout depuis la fin de janvier 1871.

C'est ici qu'il me faut rappeler ce qu'a dit M. Thiers à quelques mois de là : « Ils ont prolongé la défense au delà de toute « raison ; ils ont employé les moyens les plus mal conçus qu'on « ait employés à aucune époque, dans aucune guerre. »

Que le mal soit dérivé d'une politique à outrance, qu'il soit le résultat d'une négligence, la loi ne doit pas moins être invoquée pour en obtenir réparation, et cette réparation est due par l'État, que représente M. le Ministre de la guerre.

Je persiste donc dans ma résolution, et j'y persisterai tant qu'un jurisconsulte, dont j'ai à solliciter l'avis, ne m'aura pas *démontré* que j'ai tort, — ce que j'aurai toujours grand'peine à croire. — En attendant, j'ai *écrit* ceci pour tout le monde, ne pouvant *agir* que pour moi devant les tribunaux.

BELIN.

Carentan, février 1873.

Paris, impr. Paul Dupont, rue J.-J.-Rousseau, 41. — (571.2.3).